勇敢的
消防車

文／戶田和代　圖／西川修
翻譯／鄧吉兒

小_{ㄒㄧㄠˇ}小_{ㄒㄧㄠˇ}消_{ㄒㄧㄠ}防_{ㄈㄤˊ}車_{ㄔㄜ}小_{ㄒㄧㄠˇ}咿_ㄧ，
今_{ㄐㄧㄣ}天_{ㄊㄧㄢ}也_{ㄧㄝˇ}和_{ㄏㄜˊ}往_{ㄨㄤˇ}常_{ㄔㄤˊ}一_ㄧ樣_{ㄧㄤˋ}，
縮_{ㄙㄨㄛ}在_{ㄗㄞˋ}消_{ㄒㄧㄠ}防_{ㄈㄤˊ}局_{ㄐㄩˊ}的_{ㄉㄜ˙}角_{ㄐㄧㄠˇ}落_{ㄌㄨㄛˋ}哭_{ㄎㄨ}泣_{ㄑㄧˋ}。

「 其實我不想當消防車……」

「我真的不喜歡火……
只要一看到濃濃黑煙和熊熊大火，
我就會嚇得一直發抖。」
小咿沒辦法像其他的消防車一樣
勇敢的說：「出動吧！去救火！
喔咿—— 喔咿—— 喔咿——」
然後充滿精神的出發。

「 為什麼我是消防車呢？
好想當花店的貨車或是郵局的郵車！ 」
小咿說完， 嘆了一口氣。

沒有火災警報時，
消防車們非常安靜，
總是排列得整整齊齊。
其實這些消防車正在小聲的聊天呢！
「好無聊喔！好想咻咻咻的快速穿越城市。」
「嘿，幫我看一下，
我的消防梯是不是有點生鏽了？」

小ㄒㄧㄠ咿ㄧ總ㄗㄨㄥ是ㄕ在ㄗㄞ一ㄧ旁ㄆㄤ悄ㄑㄧㄠ悄ㄑㄧㄠ祈ㄑㄧ禱ㄉㄠ，
小ㄒㄧㄠ小ㄒㄧㄠ聲ㄕㄥ的ㄉㄜ說ㄕㄨㄛ：「希ㄒㄧ望ㄨㄤ今ㄐㄧㄣ天ㄊㄧㄢ
也ㄧㄝ沒ㄇㄟ有ㄧㄡ火ㄏㄨㄛ災ㄗㄞ……」

有一天， 其他的消防車聽到了小咿的祈禱。

「你們聽， 小咿希望沒有火災呢！ 」

「什麼嘛！ 真是膽小鬼。 」

「在火災發生時快速趕到現場，

就是我們的工作呀！ 」

其他的消防車都哈哈大笑。

第一消防局

小心火燭

就在這個時候……

鈴鈴鈴鈴鈴——

刺耳的警報聲傳遍了消防局。

「發生火災了！大家出動！」

消防車們臉色一變，

快速的衝了出去。

「我……我也得出發了。」

小咿雖然這麼說，卻沒有發動引擎，
他太害怕了，嚇得渾身發抖。

「討厭，真不想去。」

這個時候，小咿的消防水管掉了。

「哎呀！怎麼辦？」
慌慌張張的小咿
一頭撞上
牆壁。

「好痛啊！
嗚……」
小咿一邊哭
一邊衝了出去。

15

小咿一回過神來，
發現自己跑到了一條陌生的街上。
「咦！ 火災現場在哪裡？
大家都到哪兒去了了？ 」
這時， 他聽到了響亮的喇叭聲，
有一輛車正大聲喊著：
「 喂！ 小傢伙。 」

原來說話的是一輛大卡車。

「你要去哪裡？所有的消防車都往那邊去啦！」

「咦！真的嗎？」

「哈哈哈！你拖著這條消防水管要去哪裡呢？」

「哈哈哈！」　「哈哈哈！」

四周的車子也跟著大笑起來。

「糟糕！我走錯路了，
我要儘快趕上他們才行。」
但是整條路上塞滿了車，
小咿根本動彈不得。
「大家快讓這輛小消防車過去。」
其他的車子紛紛移動，讓出一條路給小咿。
「哇！真是太感謝大家了。」

「喔ㄜ咿ー ── 喔ㄜ咿ー ── 喔ㄜ咿ー ──
我ㄨㄜ的ㄉㄜ速ㄙㄨ度ㄉㄨ可ㄎㄜ以ー像ㄒㄧㄤ風ㄈㄥ一ー樣ㄧㄤ快ㄎㄨㄞ！
喔ㄜ咿ー ── 喔ㄜ咿ー ── 喔ㄜ咿ー ──
我ㄨㄜ的ㄉㄜ聲ㄕㄥ音ㄧㄣ可ㄎㄜ以ー和ㄏㄜ雷ㄌㄟ一一ー樣ㄧㄤ響ㄒㄧㄤ！ 」
小ㄒㄧㄠ咿ー又ㄧㄡ開ㄎㄞ始ㄕ跑ㄆㄠ了ㄌㄜ起ㄑㄧ來ㄌㄞ。

但是跑了一段路之後……
「喔咿——喔咿——喔咿——
喔咿——喔咿——喔咿——
唉！我還是很怕火啊！
稍微繞一點路好了。　　」

「呱呱！ 媽媽，那輛消防車慢吞吞的耶！」

「呱呱！ 嗯，他可能生病了吧！」

「喵——是肚子痛嗎？」

「汪汪！ 口渴的話，可以喝池塘裡的水唷！」

鴨子、貓咪、小狗七嘴八舌的說著。

「才不是呢！ 其實我……」

小咿一臉苦惱的樣子。

這個時候， 天上的小鳥們一陣騷動。

「 啾啾！ 火勢越來越大了。

啾啾！ 大家好像很擔心的樣子。 」

「 糟了！ 不加快速度不行了。 」

小咿慌慌張張的跑了起來。

「咦！哪裡失火了呢？」
小咿四處張望。
「小咿，這裡！在這裡！」
「有輛小消防車來了，
大家快讓開。」花店貨車和郵車
幫小咿帶路。

餐廳　麵包店　花

「小咿一，我們一直在等你呢！那條街太窄了，大家都過不去。」郵車邊跑邊說。

「就連消防車老大都沒辦法到火災現場，要是小咿一沒有來，可就麻煩啦！」花店貨車也這麼說。

看著直衝天際的滾滾黑煙，
小咿緊張得心臟怦怦亂跳。
「小咿，我們在等你呢！」消防隊員說。
「加油！小咿。」
「盡量灑水吧！」
小咿的消防車夥伴們也這麼說。
小咿吸入大量的水，
然後一口氣噴出了高高的水柱，
但是火勢並沒有消退。
即使如此，小咿還是一邊發抖，
一邊持續灑水。

「小咿，火已經被撲滅啦！」
「小咿，表現得很不錯嘛！」
小咿的消防車夥伴們說。

「真的嗎？　火真的已經被撲滅了？　」
「對啊！　這都是小咿努力滅火的功勞。　」
「啊——太好了！　」
搖搖晃晃、全身發軟的小咿，
撲通一聲跌在地上。
「小小消防車撲滅大火啦！　」
小鳥們一起飛上天空，
告訴大家這個好消息。

現在小咿是鎮上的英雄了。
不過，偷偷告訴大家，
小咿還是祈禱著同一件事：
「希望今天也沒有火災⋯⋯」

●文　戶田和代

出生於日本東京都。作品《狐狸電話亭》獲得第八屆廣
介童話獎、《貓咪弄丟的東西》獲得日本兒童文藝家協
會新人獎。其他的繪本及童話作品有《月夜之鯨》、
《青蛙的妖怪餐廳》、《晚安遊樂園》、《廁所神》、
《雨聲嘩啦啦》、《沉默》、《河馬的大嘴巴》等。

●圖　西川修

出生於日本福岡縣的繪本作家、畫家。作品《妖怪與小
朋友的國王》曾獲得義大利波隆那國際兒童書展厄爾巴
獎，其他作品有《和米拉一起玩》、《和爸爸散步》、
《茲多姆與魔法巴士》、《小熊與兩隻妖魔》、《爸爸
與我》、「爺爺與10妖怪」系列等。

●翻譯　鄧吉兒

求學時期念了日文，在某次上學遲到途中，跟在白兔先
生的尾巴後一頭栽進童書的世界。目前住在兔子洞裡，
偶爾推著車出來販賣文字。翻譯過許多好玩的書（有的
會讓你笑到肚子痛，有的會讓你用掉一包面紙），作品
數量超過自己的年齡，希望有機會能超過體重。

精選圖畫書　**勇敢的消防車**

小熊出版讀者回函　　小熊出版官方網頁

文：戶田和代｜圖：西川修｜翻譯：鄧吉兒
總編輯：鄭如瑤｜文字編輯：姜如卉｜美術編輯：張雅玫｜印務經理：黃禮賢

社長：郭重興｜發行人兼出版總監：曾大福
業務平臺總經理：李雪麗｜業務平臺副總經理：李復民
實體通路協理：林詩富｜網路暨海外通路協理：張鑫峰
特販通路協理：陳綺瑩｜出版與發行：小熊出版・遠足文化事業股份有限公司
地址：231 新北市新店區民權路108-2 號 9 樓
電話：02-22181417｜傳真：02-86671851
劃撥帳號：19504465｜戶名：遠足文化事業股份有限公司
客服專線：0800-221029｜E-mail：littlebear@bookrep.com.tw
Facebook：小熊出版｜讀書共和國出版集團網址：http://www.bookrep.com.tw

法律顧問：華洋法律事務所／蘇文生律師
印製：漾格科技股份有限公司
初版一刷：2015 年 03 月｜二版一刷：2019 年 03 月｜二版三刷：2020 年 01 月
ISBN：978-957-8640-80-1｜定價：300元